KB182571

가장 늦게, 가장 낮게

박태진 시집

시인의 말

이

가을

비움과

순수에

검은 먹으로

흰 꽃을 그리다

2024. 청도에서

박태진

차 례

● 시인의 말

제1부

제2부

제1부

거울의 생각

거울 앞에 내가, 내가 아닐 때가 있다
내가, 나를 몰라서
이는데, 내가 아니어서

그는 나를 안다고 한다
본대로 비추는 거울이
기억하지 않는 거울이

내 거울에 비친 그가, 그가 아닐 수 있듯이
그의 거울에 비친 내가, 내가 아닐 수도 있다

거울에 비친 생각도
숨은 생각도
누구나 진상 속 허상

과거 현재 미래도

언제나, 거울은 거울

볼 때마다 다른

같은 거울

멸치 꽃*

봄 햇살에 은비늘이

벚꽃처럼 흩날리는데

죽을 때까지 그물에 매달렸던

멸치의 목숨을

털어야 하는 어부의 목숨이

죽을힘을 다한다

괭이갈매기 날아들고

땀과 비늘을 덮어쓴 채, 얼굴만 빼꼼히

열아홉이 줄을 서서, 일사불란하게

후리기 박자소린지 극한의 신음소린지

꺼칠한 뚝배기 소리가 끊어질 듯 이어지고

한번은 오른팔에 한번은 왼팔에

그물은 파도처럼 요동을 치고

머리는 머리대로 창자는 창자대로

천지사방 흩어지며 패대기치는데

삶도 죽음도 여기에 있다

아, 저놈의 멸치는
죽어서도 꽃을 피우는데
이내 팔자는 언제 한번 피려나

* 기장 대변항 멸치털이.

이상기온

알래스카 크루즈에
알래스카가 이상기온으로
큰일이 났다고
소리치는 대형화면 앞에

50대로 보이는 여자는
나시 차림에 더워죽겠다는 듯
연신 부채질을 하고
바로 앞에 앉은 남자는
얼어 죽은 조상이 있는지
한겨울 두꺼운 패딩 잠바를 입고 있다

왜 인간이 촉발한 기후변화라고 소리치는지 알 것 같다
한 삼십년은 같이 살았을 부부 같은데

우리 집도 가끔 이상기온이 생긴다

나는 춥다고 하는데 집사람은 덥다고 한다

무조건 하늘만 나무랄 일이 아니다

유빙

깊은 모체에서 뚝, 떨어져
세상으로 정처 없이

물에 기우뚱 결에 갸우뚱
물에 동한 듯 결에 취한 듯

망망대해 외로움도 그리움도
세월에 기우뚱 세상에 갸우뚱

길 따라 인연 따라
물 따라 바람 따라

떠돌다 떠돌다 사라지는
흘러가다 흘러가다 사라지는

언젠가, 언젠가 사라지고 마는
너도 유빙 나도 유빙

바다 한 조각

두브로브니크 호텔 매점에
아드리아해의 진주
성벽 앞 보석 같은 바다를
시집만 하게 잘라 걸어둔 것을
50유로에 사 왔다

그렇게 가져온 바다 한 조각을
책상 위에 올려두었더니

시집만 한 바다에는
먼 아드리아해의
신비한 바람이 불고
잔잔한 물결이
온종일 일렁인다

풀 한 포기

잡초라고

쓸모없다고

뽑아 버리려고

풀 한 포기를 뽑아보지만

뽑히지 않는다, 힘껏 당겨도

땅을 붙들고 끝까지 놓지 않는다

보잘것없는 풀 한 포기라 생각했는데

끝까지 땅을 붙들고 놓지 않는 것을 보니

살아가야 할 이유가 있는가 보다

정말 살아야 할 이유가 있는가 보다

들풀을 보면 안다

사람은 포장을 하며 살아간다
얼굴이나 몸을 포장하고 지식도 포장한다
겉을 포장하고 속까지 포장한다
포장은 늘 하면서도 부족하다고 생각한다
포장 욕심이다 그래서 욕심만큼 포장한다

우리는 포장이 안 된 사람을 좋아한다
포장이 안 된 사람을
우리는 순수하다, 순박하다고 한다
포장이 안 된 모습은 참 아름답다
들풀을 보면 안다

사막의 꽃

가물가물 떠가는
사막의 배가
오르락내리락할 때마다
낙타의 그림자가
죽었다 살았다 한다

어떤 언덕을 보면
힘들게 빨다 만
검은 젖꼭지가 보이고
천생인 전갈도 바람도, 밤이면
수천 개의 침묵 앞에
쓰러지고 마는데
아, 목마른 여백과 사막의 꽃은
찬란한 질투에 피고 진다

모래 딱지 같은 딱정벌레가
이슬처럼 살아가는

저 붉은

사막의 끝에는

어떤 진화

일본 동경 긴자

긴자식스 백화점

남자 화장실

남자 화장실 좌변기

좌변기 바로 앞에

영유아 거치대가

거치대가 놓여 있다

아빠를 찾는

생각이

거울에 비친다

타임스퀘어

내가 최고라고

종일 자랑 한다

한번 봐 달라고

번뜩이며 화려하게

눈길을 유혹한다

세상에서 최고라고

나를 믿으라고

혼을 뺀다

신흥 종교다

나도 섬

　우리나라는 뭍이고 일본은 섬이라고 생각했는데 세계
지도를 펼쳐놓고 보니 모든 나라가 바다 위에 뜬 섬이다
살면서 나도 소속이 뭍이라고 생각했는데 가만히 생각
해 보니 나도 섬이더라, 지구도 섬이고 나도 섬이고

쇳덩이를 붙이려면

차갑고 딱딱한 쇳덩이 두 개를 붙이려면
하나가 되려면

다 녹일 듯이
용암이 분출하듯이
서로가 불같이 뜨거워야 한다
쇳덩이가 녹을 만큼 뜨거워야 한다
그리고 같이 녹아야 한다
흐물흐물 허물이 없을 만큼 녹아야 한다
다 녹일 듯이 타올라야 한다
그래야만 그렇게 해야만
다시는 떨어지지 않겠다는 맹세를 하며 붙는다

그래서 처음 한 번은 꼭
눈 몸살을 한다, 모래 독이 퍼지듯

봉정암에는 거울이 없다

까만 산꼭대기
몸뚱이 올리지만
하룻밤 자고 나면
모두 같은 꼴
빈부귀천 구별하는
거울이 없다

여명의 바다에
더덕더덕 검버섯 핀
사리탑을 띄우고
나를 버리고 나를 지우는
쪽담 공양하고 나니
내가 없다

거울이 없으니
내가 없다

봄밤

　추적추적 비 내리는 저녁, 글쟁이들 빠글빠글 찌개를
끓이고 벽에 붙은 화면에서는 세월호 추모를 하고 있다
무엇이 그리 급한지 소주가 마른 도랑 속으로 사라지고
어설픈 문학, 탁자 모퉁이에 밀치고 정치고 뭐고 해도
배부른 게 최고지 먹고 사는 것부터 해결하려 하는데 낮
에 버린 시가 자꾸 목에 걸린다 옆자리에 누가, 벌이가
시원찮아 못 먹고 살겠다고 희망이 없다며 울부짖다, 배
부르면 목소리가 높아지고 주장이 강해진다 정치와 비
슷하게 남의 이야기는 잘 듣지 않는다 그래, 정치는 거
짓을 위해 참을 말하고 시인은 참을 위해 거짓을 말한다
고 했는데 술이 익으면서 슬그머니 타령으로 넘어간다
그래서 그리움은 철들지 않는다고 했던가 들판에 봄바
람이 차별 없이 불어와도 살아 있는 가지만이 움을 틔운
다는 봄이다 정치도 경제도 빗소리가 말아먹고 찌개 쫄
듯 파장을 맞는데 또 한 번 술에 속고 오답에 취한 글쟁
이들, 다시 맹세를 하고 손을 흔든다

양지와 음지

양지 곁에 음지 있고 음지 곁에 양지인데

비우는 것은 배우지 못하고
채우는 것만 배웠네

세상, 채우는 것보다 비우는 것이 먼저인데

돈, 버는 일만 배웠을 뿐
돈 쓰는 법은 배우지 못하였네

돈은 버는 자랑 하지 말고 쓰는 자랑하라는데

오늘 하루도 양지와 음지를 다 읽지 못하였네

살아 있는 보석

　지구 한쪽 구석에 난리가 났다 꼬맹이 여럿이 공터에 놀다가 한 아이가 풀숲에서 금덩어리 하나를 주웠는지 큰소리를 지르며 날뛰고 또래 십여 명이 우루루 그 아이를 둘러싸고 야단법석이다 눈은 반짝반짝 입은 조잘조잘 모두가 신기한 듯 금덩어리보다 더 소중하게 자세히도 관찰하는데, 그 아이는 무슨 보석 주인이나 된 듯이 의기양양하다 곁에 여자 꼬맹이들은 나도 한번 보자며 아우성이고, 남자 꼬맹이들은 나도 한번 만져 보자며 통사정을 한다 무엇인지 알 수는 없지만 살아 있는 보석이다 아 그 보석 나도 한번 보고 싶다

달비골 카톡

앞산 순환도로를
바쁘게 지나가는데
카톡하고 부른다

건너편 달비골에서
한번 다녀가라고 한다

무엇이 그렇게 바쁘냐고
왜 그렇게 바쁘게 사느냐고

작년 봄에 한번 보고는
코빼기도 안 보인다고

흰 눈이 길을 지우기 전에
한번 다녀가라고 한다

세월이 멈추기 전에
한번 다녀가라고 한다

제2부

세상의 말

사람은 말한다
나무나 돌도 다 다르다고
모양도 성질도 다 다르다고

사람은 싸운다
나와 다르다고, 생각이 같지 않다고
다르다고 싸운다

세상이 또 말한다
세상 만물은 다- 다르다고
그렇게 산다고, 그래서 산다고

텃세

청도 시골집 생활을 하는데
가끔 이장이 동네 방송을 한다
나와 집사람은 도대체 무슨 말을 하는지 알아들을 수
가 없다
나도 집사람도 같은 경상도인데
더 신기한 것은 동민들은 이 방송을 알아듣는다는 것
이다
못 알아들었으면 벌써 무슨 난리가 나도 났을 낀데
나도 같은 갱상도 촌놈인데
아, 이것이 텃세인가

등어리

가끔 등어리가 미치도록 가려울 때가 있다
아무리 가려워도 스스로는 시원하게 긁을 수가 없다
만물의 영장을, 왜 이렇게 만들었을까
이유도 모르면서 불평하며 살았는데
누가, 인간은 완벽하지 않다는 말에

이제사 알 것 같다, 조물주 뜻을
인간답게 살라고, 결점으로 만든 것을

토렴

토렴은 눈물이다
식은 밥을 데우는 눈물이다

눈물에 눈물을 섞으면
따뜻한 눈물이 되듯이

토렴에 토렴을 섞으면
뜨거운 한 끼, 목숨이 된다

만행萬行 2

화장품 통이 몇 날 며칠
거꾸로 서서
속을 다 비우려고
안간힘을 쓰고 있다
치약도 허리를 동여매고
끝까지 참고 견딘다
다 비운다는 거
다 이룬다는 것이다

일기

오늘 아침 신문에
고대 땡땡 시대 발굴 현장 사진이
크게 났다.

오늘 우리가
저지레한 것이
수천 년이 지난, 오늘
희한한 것이 발굴되었다고
특종기사로 나올 수도 있겠다.

잘 살아야겠다, 오늘

중국 시계

만만디 중국에서 탁상시계 하나를 사 왔다
우리 시계는 초침이 따깍 따깍 천천히 가는데
이놈의 중국 시계는 뒤에서 누가 쫓아오는지
초침이 그대로 마구 달린다

저렇게 빨리 달리면 시간이 틀릴 것 같은데
시간은 맞다

아, 그래서
빨리빨리 사는 것이나 느리게 사는 것이
같다고 하는가 보다

아무리

아무리 연극이라고 해도
너무하다고 한다

세상이 왜 이러냐고
왜, 이렇게 다르냐고

노란색 안경을 낀 사람은 노랗다고 하고
파란색 안경을 낀 사람은 파랗다고 한다

아무리 연극이라고 해도
연극으로 보지 않는다

마음 속임수

시애틀타워 꼭대기 관람대 일부 바닥이 투명이다

관람대 투명 바닥 아래가 천 길 낭떠러지라

아래를 보지 못하고 모두가 떨고 있다

투명이 아닌 바닥도 자세히 보니

투명유리 위에 얇은 고무판 하나 덮어져 있다

고무판 한 장에 투명 바닥이 막히고 공포가 사라진다

얇은 고무판 한 장만도 못 한

마음 속임수에 기가 찬다

이래서 사람 마음은 믿지 못하나 보다

걱정

시골살이를 하다 보니
아무리 선크림을 바르고 발라도
얼굴이 점점 시커멓다

지인을 만나면
촌에서 일하다 보니 햇볕 때문이라고
얼굴이 타서 그렇다고 변명은 하지만

사실은
속 검은 것이 점점 밖으로 비치는 것 같아
걱정이다

스피드 시대

길을 가는데 뒤에서
'우리 옛날에는' 하는 아이들 말이 들린다
기가 차서 돌아보니
아홉 살쯤 되어 보이는 머슴아 둘이서
심각하게 이야기하면서 간다

궁금하다, 옛날이

시계 밥 좀 주지 마라

덤

월배시장 기물전에서
세숫대야 하나 삼천오백 원에 사는데
친절이 오천 원어치라
주머니에서 현금 만 원을 주었다

그런데
거스름돈이라고 육천오백 원을 주네
다시 오천 원을 돌려주어야 하는데
받지를 않네

옆집 아지매가
친절은 이 집 내력이라
덤으로 준다네

미소만 짓는 젊은 양반아
친절은 이미 받았고
오천 원은 어떻게 해야 하나

춘안거

수양 좀 하려고 시골살이를 하는데
밭일을 하다가, 과수를 키우다가
나도 모르게 살생을 하게 된다

살생을 금하라고 했거늘

본의가 아니어도
이렇게 자꾸, 자꾸 살생을 하게 되면
아무리 생각해 보아도
도 터지기는 글렀다

춘안거라도 해야 하나

봄

청도 가곡 언덕에 수사해당화 곱게도 피었다

봄날
너무나 화창한 봄날
눈이 부셔
잠깐 고개 한번 숙였다
들어보니

그 곱던 수사해당화 어디 가고 없다

시소

놀이터 모퉁이에 다 늙은 시소가
한쪽으로 기울어져 있다
수평으로 놓아도 금방 한쪽으로 기울고 만다
연륜이 있어 보이건만
수평으로 있기가 참 어려운가 보다

세상도 그 수평이 어렵다는데

주차금지

주택가 도로변에
주차금지 팻말 하나가
굵은 밧줄에 묶이어
맹견처럼 서 있다

주차 자리를 지키는 것인지
주차금지 팻말을 지키는 것인지

온종일 우두커니 말뚝같이
추위도 아랑곳없이
절실하다

좌우지간

손마디 때문에 류머티즘 내과에 갔다 의사가 내 손을 한번 슬쩍 보더니 일 너무 많이 하지 말라고 한다 나는, 별로 일 안 하는데요 라고 말히여도 또다시 일 니무 많이 하지 말라고 한다 평소 손발만큼은 잘생겼다고 자부하면서 살았는데 내가 촌 일꾼으로 보이는지 자꾸 일 많이 하지 말라고 한다

좌우지간 사람은 잘생기고 봐야 한다 일이라고는 시 쓰는 일밖에 안 하는데

꿀 빠는 거

눈도 어는 추운 날 도로에서 공공근로 하는 사람을 보고 차 옆자리 아내가 '이렇게 추운데 고생이 많다며' 보직에 따라 어떤 공공근로는 그저 꿀 빠는 거라며 옆자리에서 구시렁구시렁 거리는데 꿀 빠는 거라는 말에 웃음이 나왔다

옛날 초등학생 때 누구는 더러운 화장실 청소하느라 새가 빠지는데 누구는 선생님 심부름하며 꿀 빠는 것을 보았다
그래 이제라도, 살면서 꿀 한번 빨아봤으면 좋겠다

제3부

내부 수리 중

은행 문을 들어서는데
내부 수리 중이라
벽이며 천장이 해체되어
속이 훤히 보인다

겉은 멀쩡한데
속은
온갖 선과 관들이 얽히고설키어
엉망이다

아, 사람 속도 저럴까

까만 국수

이제 겨우 대화가 되는 손주에게
맛있는 거 머 먹을까 하니
까만 국수 먹는다고 한다

아니 벌써, 까만 국수를
나는 중1 때 처음 먹어 보았는데

까만 국수 맛을 아는지, 손주는
입 주위가 온통 까만 줄도 모르고
까만 국수 삼매경이다

진짜 십자가

그라츠 대성당 건물 뒤 모퉁이에

화려한 대성당, 회려한 내부를 뒤로 하고

벽돌조차 더덕더덕 깁은, 외벽에다

천년이나 녹슬고 녹슬어도 무심했을

거무틱틱하고 삐쩍 마른 작은 십자가

세상에 외로운 십자가

우러러보는

참 십자가

반지하

큰 소나무가 태풍에 넘어져 있는데
아무도 거들어 주지 않는다
몸뚱이 반이 비탈에 걸쳐 있고
뿌리도 반은 세상 밖으로 나와 있다

어쩔 수 없는 반이
세상의 반에게
침묵으로
질문하고 있다

바보

거울 앞에서
바보 같은 표정을 지어보라

금방 바보가 된다.

바보 되는 거
한순간이다.

이름

지우지 마라
삶이 버려진다

버리지 마라
삶이 지워진다

깨져도 비치는
거울이다

따로국밥

밥 한 그릇에 국 한 그릇

열심히 먹다 보면

밥이 남으면

국이 모자라고

국이 남으면

밥이 모자란다

세상, 아직도 식사 중이다

이골

이골이 난다는 말에 가슴이 아려
사전을 찾아보니 몸에 밴 버릇이라고

사실은 이빨에 난 골이다
옛날 집에서 베를 짤 때
하도 이빨로 모시를 자르다 보니
이빨에 골이 생겨 나온 말이다

부모님 생각이 난다

귀향

고향을 찾아간다고
평생을 왔다

거의 다 온 것 같아 둘러보니
고향 산천이 아니다

길을 잘못 들었나
아직 갈 길이 멀었나

한번 뒤돌아보니
멀리도 왔다

언제쯤 고향에 갈 수 있을까
가물, 가물하다

남은 숙제

젊었을 때 게으름을 피웠다고
늙을수록 점점 잠이 없다

안 된다, 밥도 마음대로
된다, 약이 밥이

총량의 법칙이 눈치를 본다

부탁

산딸나무 중에서도 꽃이 가장 이쁜
미산딸나무 한 그루를
앞뜨락에 안기며
잘 키워 달라고
부탁하였다

오래전
산에
아버지를
부탁한 적 있다

소나무 뿌리

고운사 산길을 오르는데, 수백 년 된
소나무 뿌리가
폭우에 흙을 다 보시하고
남은 뿌리가
울룩불룩 솟아오른 앙상한
그 뿌리가

뼈만 남은 석가모니 부처님이다

저 손등의 거친 핏줄이
저 발등의 질긴 힘줄이

그냥 풀이더라

알고 보니
그냥 풀이더라
길가에 이름 없는 한 포기 풀이더라

이름난 거목도, 꽃도
늙고 병들어
천사 앞에 서면 그냥 풀이더라

한평생 땅에 발 딛고 하늘 보며
비 오면 비 맞고 눈 오면 눈 맞고
바람에 흔들리다, 세월에 시들고 마는

알고 보니
그냥 풀이더라

참견

따가운 여름 끝자락 시골 할매가 지팡이를 짚고 운동 삼아 마실을 가는데

발아래서, 환삼덩굴 몇 줄기가 머리를 쳐들고 빤히 쳐다본다

안 그래도 미운 놈이 가는 길을 막으니

들고 있던 지팡이로 장닭 내치듯 톡톡 치고는 가던 길 간다

세상살이

오늘도

연기하고 요란 떨어도

컷 한 번에 사라진다

사는 것이 드라마다

촬영이 끝나면

연극도 끝난다

세상살이 한편도

애기앉은부채

높고 깊은 곳에 숨어 사는 애기앉은부채
가장 늦게 피고 가장 낮게 산다

그래서 풀이 아니라 꽃이라고

마음에 담는다

길고양이

고양이를 키우면 쥐도 뱀도 없다기에
이쁘게 생긴 길고양이 한 마리
참치도 머이고 밥도 머이고
정성을 드리는데
똥은 아무 데나 눈다

아 저것이
나의 스승인가

민주주의

가위는 보를 이긴다
보는 바위를 이긴다
바위는 가위를 이긴다

가위는 바위에 진다
바위는 보에 진다
보는 가위에 진다

모두가 이기고 모두가 진다

제4부

풍화

세월이 길을 나섰다

풀들이 이슬을 털며 반겼다

따라오는 그림자를 앞세우고

들꽃이 손을 내미는 궁산에 올랐다

발길에 차이는 돌멩이하고도 인사를 했다

멀리 구름이 왔다가 그냥 갔다

오랜 친구 같은 소나무 곁에 앉아

발아래 개미와 한참을 놀았다

키 낮은 풀과 강바람도 같이 놀았다

금호강에 석양이 흘렀다

나도 같이 흘렀다

해가 가고 달이 찾아왔다 별도 같이 왔다

담장 모퉁이 고양이와 잠시

눈을 맞추다 안부를 물었다

내 속에 작은 사랑이 다녀갔다

하루치 풍화가

사라졌다

도강

세상 밖 애일당* 곁에 분강은 흐르고
한 치 앞을 모르는 강을 건너고 있다
한 발 한 발 조심조심 더듬거리면
물속 가시랭이가 발을 찌르고
미끌미끌 넘어지지 않으려 기우뚱하면
비틀거리지 말라고 사정없이 물살이 밀어붙인다
흐르는 세월과 한참 시름하고 있는데
강 가운데 수백 년 되어 보이는 반석 하나가
나처럼 강을 건너고 있다.
당당하게 물살을 가르고 있다

나는 이제 겨우 수십 년
어설픈 도강 중이다

* 애일당 : 안동시 도산면 농암종택에 있는 정자.

마음 밭

마음 밭을 가만히 들여다본다

비바람에 상처가 나지는 않았는지

군데군데 욕심이 자라지는 않았는지

자만에 빠져 본연을 잊지는 않았는지

사랑이 자랄 수 없는 황무지가 되지는 않았는지

농심을 저버리고 잡초만 무성한 것은 아닌지

지금도 씨앗을 뿌리면 싹이 자랄 수 있는지

오래도록 방치한 마음 밭

새벽에 농부가 물꼬를 들여다보듯

마음 밭을 가만히 들여다본다

허깨비

누가 하늘을 말갛게 닦아 놓은
어느 가을날
도깨비가 떠나고 허깨비가 왔다

이제껏 도깨비로
도깨비처럼 살았건만
이제사 알고 보니 허깨비더라

평생 빈 회랑만 돌았을 뿐
등이 휘어 활이 되어가는 걸
나만 몰랐다

그래, 도깨비가 아니다
허깨비다, 허깨비
허깨비로 살 일이다

두 여자

야심한 아파트 사잇길에
여자 둘이서 소리소리 지르며
한마디도 지지 않고 싸운다
두 여자의 날 선 공방을 어둠이 막아보지만
유리 파편같이 천지사방으로 흩어진다
한 여자의 공격이 끝나기도 전에
다른 여자가 또 공격을 하며
금방이라도 베일 것 같은 날 선 칼날이
서로를 찌르고 있다
저렇게 날카로우면 상처가 깊을 텐데
싸우는 두 여자 중에
소리가 더 크고 더 악착같이 달려드는
여자의 입에서 엄마라는 소리가 나왔다
귀를 의심하여 보지만
그믐이라 캄캄하다

주절주절

개를 업고
개 문화센터에 간다

개가 사람같이 살고
사람이 개 같이 산다

밥값도 사람보다 낫다고
팔자도 사람보다 낫다고

사람은 사람 취급해도 되지만
개는 개 취급하면 안 된다

생명보험이 아니고 손해보험이라
대물인데 자꾸 가족이라고 한다

산은 산이고
물은 물이다

스냅

잠깐 사용하고 버린 순간
언제나 그렇듯이 눈감은 장면이다
내내 눈 뜨고 있었는데

눈 뜨고 찍은 사진도
눈 감고 찍혀 있다

잠을 잔 것도 아닌데
눈 감고 있을 때가 이렇게 많은가
외면해 버린 순간들이

세상 눈 뜨고 살아도
눈 감고 산 세상이다

폐차

동네 외진 빈터에 죽었는지 살았는지 알 수 없는 차 한 대가 널브러져 있다 집 나오면 개고생이라고, 집 나온 지 제법 되었는지 몰골이 엉망이다 눈도 희멀겋고 얼굴도 망가져 속은 어떨까 속도 성한 데 하나 없다 중환자 상태다 다시 살아서 세상 나가기는 어려울 듯하다 아, 저 차도 좋을 때는 씻기고 닦이고 귀염을 받았을 것인데 어쩌다 저 꼴이 되었을까 남 걱정을 하고 있다

신생별*에서

지구를 떠나온 지 한 달째
돌아가야 할 지구가
심각한 코로나에 걸렸다

풍요롭고 화려해도
신생별은 뜨내기

지구에서 온 메시지는 내 걱정을 하고
나는 돌아갈 지구 걱정을 하고

바이러스 바이러스 바이러스
절박한 지구

사투를 벌이는
얼굴 없는 의사들 날개 버린 천사들

아, 살아 있는 별이다

피와 땀과 눈물이 있는
들꽃 피는 지구는

* 엄원태의 시, 「신생국, 별의 먼지」에서 인용함.

이심이체

TV에서 할아버지 할머니가 낱말 맞추기 스피드 게임을 하고 있다 이것저것 잘 맞지는 않지만 겨우 체면치레 하고 있는데 갑자기 사랑이라는 단어에 당황한 할머니가 다급하게 '아 영감이 나한테 하는 거 있잖아요' 하니 할아버지 '하는 거 없는디' 한다 마음이 급한 할머니, 열심히 설명하여도 할아버지는 자꾸만 비켜 간다 애가 탄 할머니가 다짜고짜 '아 거시기도 모르는교' 해도 할아버지는 전혀 눈치를 못 채고 엉뚱한 대답을 하고 만다

60년을 같이 살았다는데, 일심동체는 어디 갔을까

장례식장에서

믿기지 않는 친구 부인 별세
급하게 장례식장을 찾았다
어디로 가야 하는지
안내판을 한참 보고 있는데

102호 고인 000 80세
105호 고인 000 98세
106호 고인 000 49세
특1호 고인 000 59세
특3호 고인 000 72세
가는 데는 순서가 없다고 쓰여 있다

사람 사는 거 아무것도 아니다
이래저래 안타까워하고 있는데
누구는 39세에 갔다며
한숨 한잔을 길게 들이킨다
세상 너무 원망하지 말라며

아버지의 들판

아버지를 버린 적 있다
직장을 버리고 농부가 되신 아버지를
가난을 짊어지고 들판에 선 아버지를

그때는 몰랐다
농부는 찌들어도 냄새가 나지 않는 줄
농사에 철학이 숨어 있는 줄

들판은 언제나 바람이 불었고

폭풍이 지나가는 들판에서
점점 멀어지는 아버지를 보았다

아들아 지금 니 아버지가 내 아버지의 아들이다
니가 아버지 아들이듯이 나도 아버지 아들이다

그때는 몰랐다
아버지가 아버지 아들인 줄

아버지의 손

거친 밀림 가시덤불도 마다않고

헤쳐 나가는 코끼리 발이

아버지 손이다

쭈글쭈글 투박한데다

손톱도 제대로 붙어 있는 것이 없다

나무 껍데기 같다

때로 삶에 더듬이가 끊어진 여치처럼

방향을 잃고 휘청거렸을 것이다

다 닳은 지문에, 살가운 자식도 한몫하였으리라

그나마 버석한 손톱마저도

이미 세상이 다 깎아버려

깎을 것이 별로 없다

살아온 역사가

손에 다 새겨져 있다

입추

누가
해거름 기다리는 심정을 모르는지
지친 매미 소리를
귀뚜라미 소리라고 우긴다

노란 참외 꼭지 까맣게 말라가는데
언덕 아래 간전 포도는
아직 새콤하여 애가 탄다

건들장마도 일일여삼추인데
그렇게 멀던 바람 가슴에 일고
철 마중 햇살이 그늘 아래 숨는다

춘궁

엊그제 잔설에
꽃을 피우면 어쩌려고
봄은 언제 오나
언제 오나, 애태우는데

어느덧 꽃 지고
시무룩한 그 자리
그 꽃자리,

쥐똥만 한 새끼들
조롱조롱 매달고
젖꼭지 물리고 있다

아, 이 바짝 마른 춘궁에
온 천지가 젖몸살이다

빈집

가창 단산리 산자락에
촌집 하나
꼬라지가 형편없다

불과 몇 달 전만 하여도
멀쩡하던 촌집이
할머니 떠나고는
홀로 이울고 있다

사람 구경 못한 텃밭도
풀이 덤성덤성하고
혼자서는 지탱할 힘이 없는지
달밤, 토담도 허물어지고

빈 하늘에 홍시 몇 개 달고 선
삐쩍 마른 감나무
종일 하늘만 쳐다보고 있는데

꿈같이 텅 빈 마당에
풀 죽은 고양이 한 마리
할머니를 찾는다

이상한 여행 2

살아서 갠지스, 죽어서 갠지스
문명의 어머니 곁에
부티 니게 살이가는 타지마할
자주 보이는 부겐빌레아
멀리 붉은 사암 그림자가
보리수 아래서 침묵하고 있다
군데군데 시간이 버려져 있어도
줍는 사람, 찾는 사람 아무도 없다
다만 녹슨 철학이 살아가고 있을 뿐
이상하다고 느끼는 모든 것이
하나도 이상하지 않은 이상한 나라
버려진 사람, 버려진 동물, 버려진 절망
모든 것이 버려진 것이라고 생각하다
아무것도 버려지지 않았다라고 생각하는
저승을 짊어지고 이승과 살아가는
힌두의 흑과 백
무색의 모순이 살아가는

맑은 눈이 찾아낸 삶의 지혜

황정산

박태진의 시세계

맑은 눈이 찾아낸 삶의 지혜

황정산

(시인, 문학평론가)

　박태진의 시는 간명하고 소박하다. 복잡한 비유로 의미의 모호성을 꾀하지 않고, 현란한 이미지로 장식적 언어를 만들지 않아 시인의 생각이 단순할 정도로 명확하게 독자들에게 전달된다. 하지만 거칠거나 생경하지 않다. 시인의 담백한 언어는 저항 없이 우리의 마음속에 파고든다. 그래서 그의 시를 읽다 보면 자신도 모르게 시인의 말에 고개를 끄덕이게 된다. 박태진 시인의 시가 가지고 있는 장점이며 힘이다.

　시인이 시를 대하는 마음의 상태는 다음 시에서의 바다

와 비슷하다.

두브로브니크 호텔 매점에
아드리아해의 진주
성벽 앞 보석 같은 바다를
시집만 하게 잘라 걸어둔 것을
50유로에 사 왔다

그렇게 가져온 바다 한 조각을
책상 위에 올려두었더니

시집만 한 바다에는
먼 아드리아해의
신비한 바람이 불고
잔잔한 물결이
온종일 일렁인다

― 「바다 한 조각」 전문

시인은 아드리아해의 진주라고 불리는 도시인 두브로브
니크의 바다 사진을 구입해 책상 앞에 올려두고 있다. 시인
은 그것을 "바다 한 조각"이라 부른다. 그런데 왜 시인은 이
바다 사진을 자신의 책상 위에 모셔두고 항상 바라보고 있

을까? "시집만 한 바다"라는 말이 단서를 제공해 준다. 자신의 시 세계가 바로 바다와 같은 경지가 되고 싶다는 뜻일 것이다. 그것은 맑고 드넓어 사악한 마음이 자리하지 못한다. 마치 시경을 두고 공자가 한 '사무사思毋邪'의 경지를 떠올리게 한다. 하지만 그 맑고 드넓은 바다에도 바람이 불고 물결이 일렁인다. 삶의 비의와 부침이 그 바다에 고스란히 담겨 있다는 것이다. 시도 마찬가지이다. 맑고 고매한 경지를 지향하나 그 과정에는 삶의 신비로운 진실과 세상살이의 물결의 일렁임이 존재한다. 시인은 이런 삶의 모습을 잔잔한 언어로 표현하고자 한다.

바다처럼 모든 것을 받아들이면서 투명해지고자 하는 시인의 태도는 삶의 복잡함을 현란하고 난삽한 언어를 동원하여 장황하게 그려내지 않고 반대로 쉽게 관념적 초월의 세계로 빠져들지 않는다. 맑은 시선으로 찾아낸 삶의 진실을 석류알을 꺼내듯 우리에게 한 알 한 알 보여준다.

토렴은 눈물이다
식은 밥을 데우는 눈물이다

눈물에 눈물을 섞으면
따뜻한 눈물이 되듯이

토렴에 토렴을 섞으면

뜨거운 한 끼, 목숨이 된다

─「토렴」 전문

　'토렴'은 밥이나 국수 또는 고기 등을 뜨거운 국물에 담가
데우는 것을 말한다. 시인은 이 행위를 '눈물'이라 조금은
뜬금없는 비유로 표현하고 있다. 눈물이라는 보조관념에는
많은 것이 들어 있다. 그것은 더운 음식을 먹으려는, 토렴
하는 주체의 따뜻한 마음을 나타내기도 하고 "식은 밥"이라
는 토렴의 대상이 되는 사물에 들어 있는 슬픔을 나타내기
도 한다. 그래서 눈물과 눈물이 섞여 따뜻한 눈물이 된다고
시인은 표현할 수 있는 것이다. 그런데 우리의 삶도 이렇게
토렴과 토렴, 눈물과 눈물, 슬픔과 슬픔이 함께할 때 아직
살아 있는 목숨으로 유지되리라고 시인은 우리에게 나직한
목소리로 알려주고 있다. 사물을 들여다보는 시인의 맑은
눈과 따뜻한 마음이 돋보이는 작품이 아닐 수 없다.

시애틀타워 꼭대기 관람대 일부 바닥이 투명이다

관람대 투명 바닥 아래가 천 길 낭떠러지라

아래를 보지 못하고 모두가 떨고 있다

투명이 아닌 바닥도 자세히 보니

투명유리 위에 얇은 고무판 하나 덮어져 있다

고무판 한 장에 투명 바닥이 막히고 공포가 사라진다
얇은 고무판 한 장만도 못 한
마음 속임수에 기가 찬다
이래서 사람 마음은 믿지 못하나 보다

　　　　　　　　　　　　　─「마음 속임수」전문

　시애틀타워의 투명 바닥에서 느낀 바를 담담하게 말하고
있는 시이다. 까마득히 높은 곳에 있는 그 유리 바닥을 딛
고 설 때 누구나 공포를 느낄 것이다. 하지만 그 투명 바닥
을 얇은 고무판 하나로 가려놓자 공포가 씻은 듯 사라졌다
는 이야기다. 우리 마음이 얼마나 연약한 것인가를 시인은
말하고 있다. 고무판 하나로 속일 수 있는 사람의 마음이
너무도 나약한 것이어서 우리는 누구도 믿지 못하게 된 것
이라고 시인은 생각한다. 사실 우리는 우리 자신을 속이고
산다. 약간의 고통도 참을 수 없어 술이나 마약에 의지하
고, 삶의 불안한 미래에 대한 공포감으로 근거 없는 미신에
사로잡히기도 한다. 고무판 한 장으로 공포를 속이고 살
듯, 이렇게 자신을 속이며 삶의 고통이나 공포를 잊으려고
한다. 시인은 이런 속임수에 "기가 찬다"라고 말함으로써
속임수 너머의 진실을 들여다볼 것을 우리에게 촉구한다.
속임수로 공포를 감추지 말고 유리처럼 투명하고 맑은 시
선으로 공포를 마주할 때만이 진실에 도달할 수 있다고 우

리에게 말하고 싶은 것이다. 이렇게 시인은 거짓의 장막을
걷어버리고 투명한 눈으로 진실을 보고자 한다.

> 은행 문을 들어서는데
> 내부 수리 중이라
> 벽이며 천장이 해체되어
> 속이 훤히 보인다
>
> 겉은 멀쩡한데
> 속은
> 온갖 선과 관들이 얽히고설키어
> 엉망이다
>
> 아, 사람 속도 저럴까
>
> ─「내부 수리 중」 전문

  은행이 내부 수리 중일 때 건물의 속사정을 들여다보고
있다. 그전에는 각종 설치물과 내장재로 번듯한 영업 공간
이었을 것이다. 하지만 공사 중이어서 투명하게 드러나는
내부는 "엉망이다". 사람도 마찬가지라는 것이다. 번듯하고
멀쩡한 겉모습을 걷어버리면 내부는 "온갖 선과 관들이 얽
히고설키어" 있는 것처럼 탐욕과 거짓으로 더럽혀져 있고,

이익에 의해 맺어진 관계들만 어지럽게 얽혀 있는 비인간
성만 드러나게 된다고 생각한다.

시인은 이런 욕망의 난맥 속에서 자신을 지키고 살기 위
해서 자신이 가진 것을 비우는 무소유의 길을 선택하고자
한다. 다음 시는 무소유의 깨달음을 보여주고 있다.

화장품 통이 몇 날 며칠

거꾸로 서서

속을 다 비우려고

안간힘을 쓰고 있다

치약도 허리를 동여매고

끝까지 참고 견딘다

다 비운다는 거

다 이룬다는 것이다

—「만행萬行 2」 전문

시인은 비어가는 화장품 통과 치약 튜브를 보여준다. 그
것들이 거꾸로 물구나무서거나 허리를 졸라매며 안간힘을
쓰고 있다고 시인은 보고 있다. 비움이 쉽지 않다는 것이
다. 그런데 사실 우리는 모두 비우기 위해 살아가고 있는
게 아닌가 하는 깨달음을 시인은 문득 하게 된다. 이룬다는
것은 뭔가를 채워 우리의 빈자리를 꽉 채울 때가 아니라 있

는 것들을 다 비울 때 비로소 도달하게 된다는 것이다. 무릎을 치게 만드는 맞는 말이다. 우리의 삶이란 내가 가진 것, 내 몸에 있는 모든 힘을 다 비울 때 찾아오는 소멸에서 비로소 완성되는 것이다. 속이 꽉 찬 화장품, 짜면 나올 것이 아직 많이 남은 치약은 채 완성되지 못한 상태이고 그것은 물구나무서거나 허리를 졸라매는 끊임없는 고행을 감수해야 한다. 이렇게 보면 우리의 삶이란 무소유로 가는 여정이 아닌가 생각된다. 짧은 시어를 통해 시인이 우리에게 던지는 전언의 의미가 깊다.

삶이 경륜과 세상을 바라보는 따뜻하고 맑은 눈이 없으면 할 수 없는 생각이다.

이 시집의 시들에는 자주 동요 같은 아이들 말투가 등장한다. 이는 맑고 투명한 시선과 관련이 있다. 아이들은 아직 세파에 때 묻지 않았기에 깨끗한 마음으로 세상의 진실을 들여다볼 수 있다고 시인은 생각하고 있는 듯하다. 다음 시는 아이들의 눈이 가진 보석 같은 투명함을 상징적으로 보여주고 있다.

지구 한쪽 구석에 난리가 났다 꼬맹이 여럿이 공터에 놀다가 한 아이가 풀숲에서 금덩어리 하나를 주웠는지 큰소리를 지르며 날뛰고 또래 십여 명이 우루루 그 아이를 둘

러싸고 야단법석이다 눈은 반짝반짝 입은 조잘조잘 모두
가 신기한 듯 금덩어리보다 더 소중하게 자세히도 관찰하
는데, 그 아이는 무슨 보석 주인이나 된 듯이 의기양양하
다 곁에 여자 꼬맹이들은 나도 한번 보자며 아우성이고,
남자 꼬맹이들은 나도 한번 만져 보자며 통사정을 한다 무
엇인지 알 수는 없지만 살아 있는 보석이다 아 그 보석 나
도 한번 보고 싶다

—「살아 있는 보석」 전문

이 시에서 살아 있는 보석은 아이들이 보석이라고 생각
하는 알 수 없는 물체이다. 그것이 무엇인지는 시인도 모른
다. 아마도 풀숲에 사는 곤충, 메뚜기나 방아깨비가 아닐까
생각한다. 어른들의 입장에서는 금덩이나 진짜 보석이 보
물이겠지만 아이들 눈에는 진짜 보석보다 처음 보는 신기
한 곤충이 더 보물이 아니겠는가. 시인이 그 보석이라고 생
각되는 신기한 물건을 찾을 수 있는 것은, 때 묻지 않은 아
이들의 반짝반짝 빛나는 눈이 있어 가능하다고 말하고 있
다. 그러므로 진짜 살아 있는 보석은 바로 이 아이들의 눈
이 아닌가 한다. 흙 속에 묻힌 보석 같은 물건을 발견하듯
깨끗한 아이들의 눈이 세상의 진실을 찾아낸다는 것이다.
천진한 아이들의 목소리가 들려오는 듯한 아름다운 작품
이다.

박태진 시인의 시들에서는 거울의 이미지가 여러 번 등장한다. 그것은 투명한 시선으로 외부만이 아니라 자신의 내부까지 들여다보고자 하는 자기 성찰의 표현이다. 가령 다음과 같은 시를 보자.

거울 앞에서
바보 같은 표정을 지어보라

금방 바보가 된다.

바보 되는 거
한순간이다.

— 「바보」 전문

재미있는 작품이다. 마치 동요 같은 천진함이 물씬 느껴진다. 하지만 그 천진함 속에 삶에 대한 성찰이 들어 있다. 스스로 자신을 돌아봐 바보라고 생각할 때 그게 진정한 바보라는 것이다. 우리는 다른 사람들의 평가에 너무도 의존한다. 다른 사람이 나를 어떻게 볼까, 내가 너무 어리석게 보이지 않을까 생각한다. 그래서 다른 사람이 나를 아름답고 똑똑한 사람으로 봐주기를 욕망한다. 그래서 거울을 보고 화장을 하고 머리를 매만지고 옷을 입는다. 하지만 그렇다고 자신의 어리석음과 못남이 감춰지는 것은 아니다. 잠시 바보 같은 표정을 짓는 것만으로도 자신의 내면에 들어 있는 어리석음은 금방 드러난다는 것이다. 자신을 돌아보는 것이 얼마나 중요한 일인지 그리고 우리가 그것을 얼마나 게을리하고 있는지를 시인은 우리에게 동요적 천진함을 가장해 힐난하고 있다.

다음 시의 거울은 더 깊은 의미를 담고 있다.

까만 산꼭대기
몸뚱이 올리지만
하룻밤 자고 나면
모두 같은 꼴
빈부귀천 구별하는
거울이 없다

여명의 바다에
더덕더덕 검버섯 핀
사리탑을 띄우고
나를 버리고 나를 지우는
죽담 공양하고 나니
내가 없다

거울이 없으니

내가 없다

　　　　　—「봉정암에는 거울이 없다」전문

　봉정암은 설악산의 제일봉인 대청봉 올라가기 바로 전에
있는 절이다. 흔히 그 전날 봉정암까지 왔다가 지친 밤을
보내고 그다음 날 대청봉을 오르곤 한다. 그런 봉정암에서
는 모두 고된 등정으로 지친 모습을 하고 있어 "빈부귀천
구별"이 안 된다는 것이다. 그러니 구태여 자신을 비추는
거울이 필요 없을 것이라고 시인은 생각하고 있다. 그런데
시인은 문득 "거울이 없으니 내가 없다"고 느낀다. 나의 모
습을 다른 사람에게서 확인할 뿐 자신을 돌아볼 수 있는 거
울이 없어 자신이 없어진 것 같다는 느낌이 든 것일 게다.
하지만 반대로 생각해 보면 거울이 없다는 사실을 인식하
는 자신을 느끼는 시간은 바로 이 거울이 없는 때에야 비로
소 찾아온다. 우리는 이제까지 거울을 통해 나를 들여다보
았지만 진정한 나를 보는 것이 아니라 나의 겉모습만 바라
본 것이라는 점을 시인은 강조하고 싶은 것이다. 그런 겉껍
데기의 나를 지우고 나를 버리고 난 후에야 진정한 자신을
돌아볼 거울이 없다는 사실을 시인은 깨닫고 있다. 그러므
로 이 시에서의 거울은 이중의 의미를 담고 있다. 그것은
실재하는 사물로서의 거울과 나를 들여다볼 수 있는 자기

성찰의 정신적 경지로서의 거울이다. 이런 성찰을 통해서 우리는 자신의 이름이라는 진정한 정체성을 찾을 수 있다.

지우지 마라
삶이 버려진다

버리지 마라
삶이 지워진다

깨져도 비치는
거울이다

—「이름」 전문

이름을 지우지도 말고 버리지도 말라고 조언하고 있다. 이름이 곧 거울이라는 것이다. 이름은 누군가를 호명하는 기호가 아니라 그 자신의 삶이 새겨진 한 사람의 정체성의 표지이다. 그것은 끊임없이 자신을 돌아보는 성찰을 통해서 명명된다. 그래서 성찰하지 못하는 사람은 자신의 이름을 버리고 지우는 사람이라 해도 과언은 아니다. 그래서 이름이야말로 자신을 비추는 깨지지 않는 거울이라는 것이다.

이 시집 4부의 작품들은 이런 성찰의 과정을 보여주는 작품들이 주를 이루고 있다. 그중 한 편을 살펴보자.

세상 밖 애일당 곁에 분강은 흐르고

한 치 앞을 모르는 강을 건너고 있다

한 발 한 발 조심조심 더듬거리면

물속 가시랭이가 발을 찌르고

미끌미끌 넘어지지 않으려 기우뚱하면

비틀거리지 말라고 사정없이 물살이 밀어붙인다

흐르는 세월과 한참 시름하고 있는데

강 가운데 수백 년 되어 보이는 반석 하나가

나처럼 강을 건너고 있다.

당당하게 물살을 가르고 있다

나는 이제 겨우 수십 년

어설픈 도강 중이다

—「도강」 전문

    애일당은 안동시 도산면 농암종택에 있는 정자 이름이다. 시인은 그 옆에 흐르고 있는 분강을 어렵게 건너가고 있다. 그러는 중에 강 중간에 놓여 있는 반석이 물살을 가르며 자신과 함께 강을 건너고 있다고 생각한다. 시인은 그런 생각을 통해 자신의 삶을 돌아본다. 그러면서 문득 깨닫는다. 반석의 도강은 강을 건너 건너편에 가는 것이 목적이 아니라 스스로 물살을 헤치며 건넌다는 데 목적이 있다. 자신 역시 어디에 가닿지 못하는 도강을 아직도 하고 있다고 생각한다. 하지만 자신의 도강은 이 반석의 도강에 비교할 수 없는 "어설픈 도강"이다. 강 가운데 든든하게 버티며 물살을 가르고 있는 반석처럼 세파를 견디고 꿋꿋하게 버티고 살아야겠다는 다짐이 이 시에 면면히 흐르고 있다.

그러기 위해서는 내면을 들여다보고 마음을 가꾸어야 한다.

오래도록 방치한 마음 밭
새벽에 농부가 물꼬를 들여다보듯
마음 밭을 가만히 들여다본다
　　　　　　　　　　　　　　　　ㅡ「마음 밭」 부분

시를 쓴다는 것은 바로 이 "마음 밭"을 가꾸는 일이다. "오래도록 방치한" 생각과 정서를 다시 되살리고 그것을 표현할 자신의 언어를 "농부가 물꼬를 들여다보듯" 꼼꼼히 살펴야 가능한 일이다. 이 시집은 이렇게 시인이 자신의 마음 밭에서 가꾸고 캐낸 아름다운 생각과 언어로 가득한 풍성한 수확이다. 이 수확의 기쁨을 시인과 함께 느끼면서 행복한 마음으로 이 글을 마무리한다.▨

| 박태진 |

경북 경주에서 태어나, 계명대 대학원 문창과 석사를 졸업했다.
2008년『문장』신인상과『시와시학』으로 등단하였으며, 시집으로
『물의 무늬가 바람이다』『히스테리시스』가 있다. 대구예술상을
수상하였다.

이메일 : tjpark11@hanmail.net

현대시 시인선 235
가장 늦게, 가장 낮게

초판 인쇄 · 2024년 11월 5일
초판 발행 · 2024년 11월 10일
지은이 · 박태진
펴낸이 · 이선희
펴낸곳 · 한국문연
서울 서대문구 증가로29길 12-27, 101호.
출판등록 1988년 3월 3일 제3-188호
편집실 | 서울 서대문구 증가로31길 39, 202호
대표전화 302-2717 | 팩스 · 6442-6053
디지털 현대시 www.koreapoem.co.kr
이메일 koreapoem@hanmail.net

ⓒ 박태진 2024
ISBN 978-89-6104-370-0 03810

값 12,000원